KB268021

# 사랑하는
# 사람이랑

소중한 마음을 담아…

_______________________ 님께

_______________________ 드림

_______________________ 년    월    일

# 사랑하는 사람이랑

초판 1쇄 인쇄　2010년 10월 29일
초판 1쇄 발행　2010년 11월 05일

지은이 | 한그림
펴낸이 | 손형국
펴낸곳 | (주)에세이퍼블리싱
출판등록 | 2004.12.1(제315-2008-022호)
주소 | 서울특별시 강서구 방화3동 316-3 102호
홈페이지 | www.book.co.kr
전화번호 | (02)3159-9638~40
팩스 | (02)3159-9637

ISBN 978-89-6023-465-9 03810

이 책의 판권은 지은이와 (주)에세이퍼블리싱에 있습니다.
내용의 일부와 전부를 무단 전재하거나 복제를 금합니다.

# 사랑하는 사람이랑

글 한그림
그림 민혜민

# 사랑의 자격

**책**을 펼치면 가장 먼저 읽게 되는 머리말을 가장 나중에서야 쓰게 되는 나(심지어 꼬리말을 더 먼저 썼다).

남들처럼 평범한 사랑의 정의 같은 걸 내리기는 싫고, 그렇다고 내가 위대한 시인이나 된 마냥 누구를 가르치려 들기도 싫고…. 그냥 이 책을 내면서 느끼고 깨달은 몇 가지 것들을 끼적여 보련다.

사실 이 책은 애틋한 사랑에 대한 공감을 원하는 독자들을 위해서 쓰지도, 아니면 스스로 작가의 길을 걷기 위한 첫 발을 디디려 만든 것도 아니다. 그렇기에 이 책을 접한 분들을 위한 특별한 인사마저 준비하지 못했다.

다만 내 초라한 시들을 집필하게 된 이유는 어느 한 사람을 위한 것이었다. 한 사람 때문에 나는 모든 감정들을 다 겪었다. 즐거움과 괴로움, 두려움과 노여움, 그리고 슬픔과 기쁨까지…. 한 사람을 기다리고, 만나고, 헤어지고, 그리워하고, 그리고 다시 만나길 바라며 사랑을 꿈꾸는 순서로 시들을 채워갔다.

한 사람을 위해 시작한 시지만, 나는 정말 많은 이들에게 영감靈感을 얻었다. 내 사랑하는 가족들, 소중한 친구들, 멋들어진 선배들, 아끼는 후배들, 존경하는 선생님들, 그리고 자랑스러운 내 제자들과 심지어 잠깐 스치고 지나간 바람 같은 인연因緣들까지…. 또한 이 세상엔 없지만 결코 죽지 않은 위대한 작가들의 작품들과 내가 보고 듣고 접했던 모든 이야깃거리들, 그리고 그 누구, 그 무엇보다 나를 제일 사랑하시고 이끌어 주시는 절대적

4

인 존재마저 나를 위한 선물을 주셨다.

문득 이런 생각을 해본다. 내가 지금 하고 있는 일에 어떤 자격이 필요한 것인지, 무슨 조건이 요구되는지, 시詩라는 게 언제부터 어떤 특정한 이들의 소유물이 되었는지, 또 무엇을 기준으로 이것이 좋다, 나쁘다 말할 수 있는지 말이다.

작가라는 이름을 가진 이들만 글을 써야한다면 얼마나 삭막한 세상인가? 등단한 사람들의 작품들만이 예술이라고 일컬어진다면 얼마나 쓸쓸한 삶인가? 벙어리도 노래할 수 있고, 귀머거리도 음악을 느낄 수 있지 않은가? 그럼에도 불구하고 어려운 말들로 심오하게 쓰인 글들만 예술이라 인정한다면, 난 차라리 어려운 예술보다 많은 이들에게 와 닿는 낙서를 하련다.

글쎄, 누군가를 사랑하고 시를 쓰는 데 무슨 자격이 얼마나 많이 필요한 건지…. 얼굴만 잘 생기면 된 거 아닌가? (웃음) 이렇게 말하니 누가 그런다. '그럼 넌 안 될 거야' 라고….

사랑하는 것에 자격을 말하지 말라. 시를 쓰는 것에 조건을 논하지 말라. 하나님은 사랑할 수 없는 영혼을 만들지 않으셨고, 시 쓸 수 없는 가슴을 빚지 않으셨다.

사랑할 수 있는 자격은 이뿐이다. 내가 인간人間이라는 것. 사랑할 줄 알고, 사랑받고 싶어 하는 심장을 품은 인간이라는 것. 우리 모두는 사랑하고 사랑받기 위해 태어났다.

시를 쓸 수 있는 이유도 이뿐이다. 애틋하게 누군가를 기다리고, 만나고, 헤어지고, 그리워하고, 또 사랑한다는 것. 그리고 우리 모두는 사랑의 바다 속에 빠져서 허우적대고 있다.

'사랑하는 사람이랑', 제목처럼 내가 사랑하고 나를 사랑해주는 사람들을 위해 부족한 책을 만든다. 너무나 예쁘고 사랑스런 그림을 그려준 혜민이를 비롯하여(실제로도 그림이랑 비슷한 모습이다), 내 시의 모든 시상詩想을 선물해준 모든 이들께 고맙고, 미안하고, 또 사랑한다 말한다.

2010년 여름, 비가 그치고 유난히 맑은 밤에<br>졸린 눈을 비비며 지은이 씀.

# 차례

# 기다림

당신을 사랑하게 된 것이
내 평생 갚아도 모자란
황홀한 빚인 걸요.

뿌옇게 흐려진 유리창에 몰래 이름을 써넣고
사랑한다는 예쁜 말을 몇 번이고 썼다가
혹시나 누구에게 들킬까 지우게 만드는 사람이랑,

모두가 잠든 시간에도 그리워하며 잠 못 들고
어쩌면 달과 별들은 알고 있을지 하늘을 보며
안부를 물으면서 어떤 꿈을 꾸는지 궁금한 사람이랑,

그런 데엔 서툰 것이 많아서 직접 말 못하고
언제쯤 알아줄까 맘 아파하면서 기다리다가
아무도 없는 곳에서 큰 소리로 고백하게 하는 사람이랑,

이제는 익숙해진 시간에 시계를 바라보면
열한 시가 조금 넘는 시각 어떤 날짜를 가리킬 때
일분동안 괜히 행복해하며 멍하게 만드는 사람이랑,

조금이라도 더 많은 흔적들을 더 갖고 싶어서
떨리는 맘으로 보낸 문자에 답 오기를 기다리다가
별 의미 없는 짧은 답문에도 미칠 듯 행복해지는 사람이랑,

어떤 표정이나 행동도 너무 사랑스럽고 아름다워서
알게 모르게 얻은 사진들 속의 모습을 바라보며
누가 보면 놀릴까 홀로 미소 짓고 보게 하는 사람이랑,

하루의 피곤에 견딜 수 없어서 침대에 누울 때도
잠깐이라도 가끔씩 드는 딴 생각이 귀찮게 느껴지고
수줍게 꿈에 나오게 해달라고 기도하게 하는 사람이랑,

그토록 기다리고 원해서 마주하게 된 만남에서도
무슨 말을 할까 어떻게 얘기할까 고민하다가
결국엔 또 그 말은 하지 못해 후회하게 만드는 사람이랑,

내가 이렇게 바라보고 기다리고 그리워하는 걸 모르는지
다른 사람과 어울리거나 함께 있는 것을 알게 되면
너무나 괴롭고 아파서 눈물 나게 만드는 사람이랑,

늘 이런 낙서를 하게 하고 슬픈 노래만 부르게 하고
당신은 너무도 특별해서 보잘것없는 나를 모르고 찾지 않는
그런 사람이랑…, 그런 사랑하는 사람이랑….

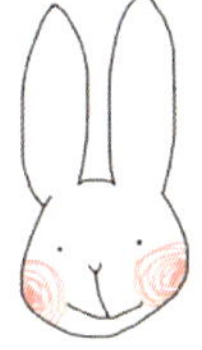

오르지 못하는 나무라 해서
바라볼 수도 없는 건가요?
잎사귀 사이로 내리는 햇빛과
드리워지는 포근한 그늘에
지친 몸을 녹이고
잠시 기대 쉬는 것도
허락해 줄 수 없나요?

가질 수 없는 나무라 해서
함께할 수도 없는 건가요?
많은 나무들과 어울리면서
꽃을 피우고 열매를 맺어
외로움을 모르고
고독과 쓸쓸함이 없기에
받아 줄 수 없나요?

나는 부족한 사람이라서
사랑할 수도 없을까요?
그 나무는 말하지 않아도
하늘이 빛과 물을 주기에
내 부족한 온기와
또 초라한 눈물로도
감싸 안을 수 없을까요?

그런 사람이 있었으면

서로가 그리운 밤에 누가 먼저랄 것도 없이
수화기를 통해 목소리를 들으면 행복할 수 있는
그런 사람이 있었으면….

비가 와서 괜스레 마음이 울적해질 때
빗방울수보다 더 많이 사랑한다 고백하고 싶은
그런 사람이 있었으면….

눈을 싫어하는 내게 함께 눈길을 걷자고
하얀 눈보다 더 깨끗한 꿈을 만들어 가자고 하는
그런 사람이 있었으면….

나에게 특별한 날엔 누구보다 먼저 축하해 주고
하루 종일 나를 위해 시간을 비워 줄 수 있는
그런 사람이 있었으면….

내가 태어난 날보다 더 기다려지고
이 땅의 빛을 본 것을 내가 더 기뻐하는
그런 사람이 있었으면….

그런 사랑이 있었으면….

사랑에 빚지다

사랑한다 말하면
침묵이나 미안하단 말 대신
마지못한 거절이라도
그냥 고맙다고 말해 주세요.

그대에겐 보잘것없어도
내 모든 걸 걸고
힘겹게 드린 내 마음이
그저 비참해지지 않게….

내가 드리는 마음이나
선물, 그리고 편지…,
그런 것들 때문에 미안해하거나
부담이란 말로 상처주지 마요.

당신을 사랑하게 된 것이
내 평생 갚아도 모자란
황홀한 빚인 걸요.

외면外面


손으로 가린다고
빛이 사라지지 않아요.
눈을 감는다고
세상이 어둠에 잠기지 않죠.
해를 등지고 밤에 머물 때도
달과 별들은 밝혀 주고 있어요.

그렇게
그대가 아무리 외면하고
모른 척하고 뒤돌아서도,
이렇게
내 마음의 빛은 꺼지지 않고
늘 한 곳을 향해 비추는 걸요.

에로스의 화살


에로스가 내게
활과 금촉 화살을 건네도
난 당신을 향해 쏘지 않아요.

내 심장에 화살촉을 찌르고
당신을 바라본다면
지금과 다를 건 없겠지요.

누군가 내게 바보라 손가락질하고
또 다른 누구는 왜 그랬냐고 묻는다면
나는 답해줄 수 있어요.

거짓된 사랑을 받고 싶지 않은 이유와
내 사랑이 변치 않길 바라는 까닭을….

22

하나님께서
나와 당신을 지으실 때
나를 먼저 빚으시고
내 눈앞에서 당신을 만드셨죠.

하지만 당신의 눈은
다른 곳을 향해 있었어요.

우리가 서로
마주보고 앉았더라면,
그때의 기억이 없더라도
그저 익숙한 형상을
사랑하게 됐을 텐데….

간절히
기도하고 기대하고,
또 기다리고….

잠깐의 우연이라도
순간의 행운이라도
그대를 찾을 땐
멀리 도망가 버립니다.

하루 일분씩
스물네 번 만나는
시계바늘의 약속마저
내겐 부러운 것입니다.

짧고 긴 바늘들이
서로 겹쳐질 때처럼,
우리가 함께 머물 때
서로 같은 방향을 바라볼 때
시간이 멈추었으면 합니다.

영원한 시간을 살아간다 해도
무한한 공간을 거느린다 해도
당신을 사랑할 수 없다면
내 모든 앎과 느낌은
그저 허무로 가득할 것입니다.

내게 허락된 삶의 길이가
하루살이처럼 느껴지고,
내게 주어진 길의 끝자락이
당장 눈앞에 아른거려도,

잠시 동안만 머물면 만날 수 있는 때에
몇 걸음만 더 걸으면 닿을 수 있는 곳에서
당신을 기다리고 찾아갈 수 있다면,

작은 꽃 한 송이나마 수줍게 드리며
아무 것도 아닌 내가 이 세상에 와서
당신을 사랑했기에 만족했다 말하고
내 짧은 호흡을 그치렵니다.

28

그대 앞에서 나는
한없이 작아지기만 해서,

내 모습도 보이지 않고
목소리도 닿지 않는가 보다.

# 만남

두 번째 이야기

만남

지금 당신이
사랑하는 사람과 함께라면
당신은 나보다 나은 사람입니다.

귓가에 속삭이는
예쁜 새소리도,
코끝을 간지럽히는
달콤한 꽃향기도,
내 머리칼을 쓸어 담는
시원하게 불어오는 바람도
어디로부터 왔는지 알 수 없지만,

내게 사랑은
분명 당신으로부터 왔습니다.

처음엔 아니라 말했죠.

그런데,
아니라고 부정할수록
그 마음이 점점 커지는 거예요.

그래서,
어느 순간 그렇다 시인했을 때
걷잡을 수 없을 만큼
부풀어 커져 버린 마음을
다시 아니라고 되뇌어 봐도
어떻게 추스를 수 없었어요.

그리고,
그때부터 당신은
어쩌면 훨씬 그 이전부터
내 마음 속에
큰 사람으로 자리 잡았어요.

36

내가 좋아하는
모든 음식들보다,

내가 어울리는
어떤 친구들보다,

소녀시대, 원더걸스, 카라,
브아걸, 포미닛, 2NE1,
애프터스쿨, 티아라, f(x),
김태희, 하지원, 김하늘,
임수정, 한예슬, 이수경,
손담비, 신세경, 전소민,
모두를 합친 것보다

니가 더 좋아!

봄이 싫었어요.
새로운 것들에 적응하고
정신없는 날의 연속이에요.
꽃샘추위에 떨고
또 어떨 땐 후텁지근하고
눈이 따끔하게 굳어서
온종일 마른 눈물을 훔친다고요.

여름은 어떻고요.
가만있어도 땀이 나고
밤마다 더위와의 싸움이에요.
느닷없는 비를 맞고
그렇게 하릴없이 젖고
아무리 얌전히 있어도
하루에 두세 번은 샤워를 하니까요.

가을도 마찬가지에요.
해가 좀 짧아진다고
또 괜히 울적해지죠.
발에 밟히는 게 마른 잎이고
풀벌레 소리는 끝날 줄 모르고
지긋지긋한 사랑 타령에
한심하고 유치해서 그냥 웃고 말죠.

겨울은 끔찍해요.
옷을 암만 걸쳐도
추위에 어쩔 줄 몰라요.
눈길은 미끄럽고 지저분하고
차가 막혀 운전도 싫고
성탄절이다 연말이다 정신없이
한 살 더 먹는 것도 짜증난다고요.

이제는
모든 게 좋아졌어요.

봄날에 날리는 벚꽃도
여름날 시원한 소나기도
가을날 포근한 낙엽도
겨울날 눈부신 함박눈도

어제도 오늘도
난 같은 세상을 바라보는데
그대로 인해
모든 게 사랑스런 곳이에요.

늪


늪에 빠졌습니다.

누군가가 손을 내밀고
구조의 끈을 던져도
나는 붙잡지 않습니다.

몸을 가눌 수 없고
숨이 점점 막혀 와도
조여드는 이 고통이 기쁩니다.

그렇게
사랑에 빠져 버리면,
헤어날 수 없을지라도
아픔이 쉼 없이 찾아와도
그저 행복한가 봅니다.

해는 내게
미소를 담은 그대가
세상 무엇보다 눈부시다고 말한다.

달은 내게
꿈결에 젖은 그대가
세상 누구보다 아름답다고 말한다.

별들은
그 사람을 노래하며
밤새 시를 쓰는 내게
그대가 제일 사랑스러운 거라 말한다.

첫눈과 마지막눈


눈이 내려요.
비와 섞여 내려
눈이라 부르기도 뭐하지만
그래도 반가운 첫눈이에요.


그거 알아요?
첫눈에 비는 말들을
마지막눈에게도 말하면
그 바람들이 이뤄진대요.


무슨 꿈을 꾸고 있어요?
어떤 기도를 하고 있나요?


나는 언제 올지 모르는
마지막 눈을 기다리며
따뜻한 겨우내
찾아오는 모든 눈들에게
당신을 자랑할 거예요.


나와 같은 소원을 빌어요.
오늘은 마법이 이뤄지는 날이에요.

당신은 왜 이리
예쁜 모습으로 다가왔나요.
왜 이 세상에 오고
왜 또 내 앞에 와서
어쩔 수 없이 사랑하게 만들고,
그것이 의지와 무관하다는 걸
내게 가르쳐 주려 했나요?

당신은 왜 이리
예쁜 날에 태어났나요.
열한 시가 조금 넘은 시간에
나도 모르게 시계를 바라보며
하루 2분 당신 생일을 축하하고
또 8X년 동전들을 모으는 버릇들을
내게 선물하려 했나요?

당신은 왜 이리
예쁜 이름을 알려 줬나요.
감히 당신 없는 곳에서
부를 때마다 입술이 떨리고
써놓고도 쉽게 지울 수 없는
이해와 사랑을 가득 품은 이름을
내게 자랑하려 했나요?

48

누군가와 만나는 건
너무나 쉬운 일입니다.
모든 사람들 중의 반은
나와는 서로 다른 모습이니까요.

아름다운 이와 만나는 건
그래도 쉬운 일입니다.
내가 살고 있는 세상은
겉이 아름다운 이들이 넘쳐납니다.

아름답고 착한 이와 만나는 건
그나마 어려운 일입니다.
내 삶의 주위에는
마음마저 빛나는 이들이 더러 있습니다.

아름답고 착하며 조건까지 좋은 이와 만나는 건
많이 어려운 일입니다.
미모와 인성, 그리고 능력
모든 걸 갖춘 이들은 흔치 않습니다.

하지만…,
가장 어려운 일은
사랑하는 사람과 만나는 것입니다.
내 모든 잘난 것을 내세워도
나는 보잘것없이 초라해집니다.

지금 당신이
사랑하는 사람과 함께라면
당신은 나보다 나은 사람입니다.

나는 단 한 번도
내가 바라던 사랑을
이뤄 본 적이 없기에…,
평생의 숙제를 아직 못했기에….

50

아버지를 아버지라
부르지 못하고,

형을 형이라
부르지 못했던

서자의 설움보다
더 간절한 건,

사랑하는 이에게
'사랑한다.'
말하지 못하는 것.

세 번째 이야기

# 이별

세 번째 이야기

이별

그대 떠나서 변해 버린 건
이 끝없는 우주 속에
나 하나뿐인가 봐요.

54

나한테
'미안해.' 라고 말하지 마요.

나한테
어떤 사과도 필요 없어요.

사랑하는 이여,
누군가에게 사랑받는 일엔
책임이 있는 게 아니니까요.

56

세상의 모든 빛들이
사라져 버릴 줄 알았어요.
모든 샘들과 강들
바닷물도 다 말라 버리고,
작은 꽃들이나 키 큰 나무들도
힘없이 시들어 말라 가고,
누구도 웃지 못하는
아무도 노래할 수 없는
그렇게 살아 있는 모두가
변해 버릴 거라 믿었죠.

그런데 아침이 오고
햇빛이 비추고
물줄기가 흐르고,
웃으면서 노래하는
모든 것들이
변함없이 야속하리만큼
눈부신 곳일 뿐이네요.

숨 쉬고 이름 있는 모두가
그들의 존재의 이유를 잊고
아픔과 괴로움에 눈뜰 줄 알았는데,

그대 떠나서 변해 버린 건
이 끝없는 우주 속에
나 하나뿐인가 봐요.

58

이전에도 사랑하면서
아파하고 슬퍼한 적 있죠.

사랑의 고통은
시간이 전해 주는 망각과
또 새로운 사랑으로 잊는다죠.

과거의 나를 만난다면
그땐 모를 그댈 만나기에
사랑의 고통을 잊으라 할 텐데,

지금 상처 입은 내게는
다른 사랑으로 위안해 줄
내일의 사랑도 없는가 봐요.

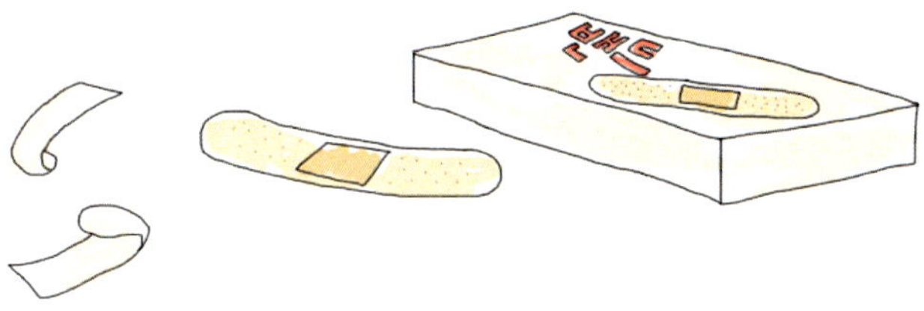

세상에서 가장 바보 같은 짓이었죠.
그대를 아프게 하고
그대에게 상처준 건.

아―
나는 바보였어요.
아니, 나는 바보에요.
잘못된 표현들로
그대에게 부담을 주고
그대를 떠나게 했어요.

다만,
내가 잘한 게 있다면
이제껏 그대를 사랑한 것,
아직 그대를 사랑하는 것,
앞으로도 그대를 사랑할 것,
그것을 빼면 나는
너무나 어리석은 사람이에요.

62

구겨진 종이를 펼치려
무진 애를 쓰다가
오히려 찢어질지 모릅니다.

깨진 유리를 붙이려
안간힘을 쓰지만
어쩌면 다칠 수도 있습니다.

그런데…,
당신이 뭉개고
또 부서뜨린
내 심장은 어쩌면 좋죠?

사랑니


밤새 몸부림치며
참고 견뎌냅니다.
신음을 토하고
식은땀을 흘리며
괴로운 잠을 청합니다.

어떤 이는 고통 없이 자라서
품고 살거나,
그것마저 불편해지면
그저 뽑아 버려도
별 쓰라림 없이
곧 잊어버리건만,

나는 자랄 때도
그냥 품을 때도
결국 뽑을 때도
그리고 뽑은 후에도
어렵게 난 사랑니가
나를 아프게만 합니다.

쉽게 오고 쉽게 가면
허전함만 배우련만,

내겐
사랑이나 사랑니나
어렵게 오고 어렵게 가서
허전함마저 고통입니다.

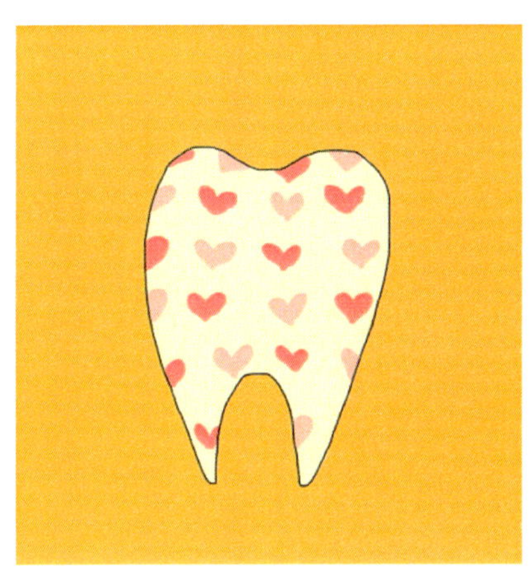

우리가 태어난 순간부터
사랑의 끈이 정해져 있고
누구와 이어졌는지 알 수 있다면,

다른 사랑에 애태우지 않고
내 끈의 끝자락에 닿으려 애쓰겠건만,

하나님은 참 잔인하시지.
당신만 알고 계신 계획을
물어도 가르쳐 주시진 않고,

얼마나 나를 연단하시고
또 얼마나 나를 크게 하시려고,
이 사랑에 웃게 하고
저 사랑에 울게 하고
또 많이 아프게 하고….

이만큼 당겼으면 만날 만도 한데,
나는 충분히
기다리고 만나고
헤어지고 그리워하며
어지간히 성숙한 것 같은데….

사랑 때문에
가슴이 시리고 미어진다는 말
들어만 봤죠?
정말 그렇게 아파 본 적 없죠?

망치로 가슴을 치는 듯한
숨쉬기 힘들 만큼 목이 메고,
고통스럽게 뛰는 심장이
차라리 없었으면 바랐던
그렇게 괴로웠던 적 없을 테죠?

아무런 바람도 없고
기도하지 않았는데도,
당신과 우연히 스쳐 지나는
모든 이들이 부러워 미칠 것 같은
그런 아픔들도 모를 테죠?

당신은 없었으면 해요.
죽을 만큼 고통스럽게 사랑하는 건
나 혼자면 족하거든요.

그대만으로


고마워요,
이 세상에 와 줘서.

같은 시간에
같은 공간에서
우리가 숨 쉴 수 있어서.

고마워요,
나란 놈 알아줘서.

나를 바라봐 주고
나를 불러 주고
당신을 사랑할 수 있어서.

정말로 고마워요.
비에 젖어 찢기고
눈에 묻혀 버려질
그런 잊혀지는 꿈이라도
내가 꿈꿀 수 있게 해줘서.

72

당신을 더 볼 수 없다면
내 꿈은 미래에 없어요.

지난 추억만을 들추며
과거 속에 머무를 뿐이죠.

# 그리움

너무 오래 사랑하지 말라고,
마치 옛 노래처럼 뒤쳐진
당신을 닮지 말라고….

담배 피우세요?
— 아니요.

술은 마시나요?
— 안 마셔요.

담배도 안 피우고
술도 안 마신다고요?
— 네.

왜요?
— 어떤 독한 담배를 피우고
  아무리 많은 술을 마셔도
  그 사람이 지워지지 않아서요.

— …죄송한데, 저 먼저 일어날게요.

네? 왜요?
— 다른 사람을 만나도
  그 사람을 지울 수 없을 것 같아요.

이 몸이 죽고 죽어 일백 번 고쳐죽어
백골白骨이 진토塵土 되어 넋이라도 있고 없고
임任향한 일편단심一片丹心이야 가실 줄이 있으랴

정몽주가 선죽교에서
말을 거꾸로 타고 가다 죽은 건
날아오는 화살이 두려워서가 아니야.

죽는 순간에도
임任을 바라보고 그리워하고픈,
죽음마저 어쩔 수 없는
그런 마음 때문이라고….

장미

80

장미를 잘 안다고 생각했는데
막상 그리고 만들려다 보니,
꽃잎도 줄기도 가시도
어느 것 하나 제대로 기억나지 않아.

어쩌면 너를 잘 알고
사랑한다 말하면서도,
네 작은 것 하나
기억하지 못할까 겁나….

장미

자국


옅게 쓴 글씨는
쉽게도 지워지는데,

진하게 꾹꾹 눌러 쓴 글씨는
아무리 지우개로 세게 지우고
겉으론 깨끗이 지워진 것처럼 보여도,

추억이란 색연필로 끼적여 보면
그리움이란 자국이 되어 남아 있다.

안부安否


안녕, 오랜만이에요.
잘 지내고 있어요?
나는 잘 지내요.

오늘은 모처럼 한가한 날이에요.
일과 공부에 쫓겨
영화 보러 가는 것도 사치스럽고
카페에서 차 마실 여유도 없었네요.

때묻은 MP3에
오래된 노래를 넣고
공원 벤치에 앉았어요.
친구들과 어울리며 빠르게 보내기엔
너무 아쉬운 시간이에요.

고개를 젖혀 보이는 것은
어떤 물감으로 칠했는지
무척이나 아름다운 하늘이네요.

잘 지내고 있죠?
나는 잘 지내나 봐요.
그냥…,
많이 보고 싶다고요.
그립다고요….

반가워요

우리 우연이라도
마주치지 않을까요?
내게 보이는 하늘
그대도 바라보며 살 텐데.

왜 우리 우연이라도
마주치지 못할까요?
나를 비추는 별들
그대도 그 밑에서 잠들 텐데.

왜 우리 우연이라도
단 한 번 마주칠 수 없을까요?
내가 그대를 그리워하는 만큼,
아니, 아주 작은 일부분이라도
그대가 나를 그리지 않는다면….

예이츠여,
저는 당신을 좋아하지만
부러워하진 않습니다.
그대는 역사에 남은
위대한 시인이라 칭송받지만
꿈꾸던 사랑을 이루지 못했기에….

예이츠여,
저는 당신을 존경하지만
닮고 싶어 하진 않습니다.
그대는 세상이 일컫는
저명한 명성을 얻었지만
간절한 사랑은 얻지 못했습니다.

예이츠여,
당신은 행복합니까?
아직,
다른 이들의 마음을 두드리지도
공감과 동조의 눈물을 흘릴만한
작은 업적을 이루지도 못한
초라한 시인들의 귀감이 되었기에
당신은 행복하다 말할 수 있습니까?

사랑받지 못한 보상으로
예이츠 당신은
찬사와 명예를 얻었지만,
난 차라리
사랑을 가지렵니다.

죽어서도 예이츠 당신은
시 속에서 숨 쉬며
내게 말하고 있습니다.
너무 오래 사랑하지 말라고,
마치 옛 노래처럼 뒤쳐진
당신을 닮지 말라고….

단 하루만이라도
당신과 내가 뒤바뀐다면
그대 없는 내 하루가
천년 같은 외로움인지 알겠지요.

그저 한 시간이라도
당신과 내가 뒤바뀐다면
그댈 향한 내 마음이
한결같은 그리움인지 알겠지요.

비록 한순간일지라도
당신과 내가 뒤바뀐다면
그댈 아는 내 영혼이
심장을 도려내도 참을 만큼
눈물겨운 사랑인지 알겠지요.

신이시여,
제가 한 번이라도
헛된 탐욕에 끌려
쓸데없는 부유를 바란 적이 있습니까?
제게 주어진 것들을 사랑하고
당신께 감사하지 않았습니까?

신이시여,
제가 단 한 번이라도
못된 야욕에 빠져
무의미한 명예를 원한 적이 있습니까?
저를 향한 작은 칭찬들도
당신께 영광으로 돌리지 않았습니까?

오, 신이시여,
제가 어찌 한 번이라도
그릇된 사욕에 멀어
불필요한 권력을 구한 적이 있습니까?
제가 이룬 업적지위들마저
당신께 속함을 고백하지 않았습니까?

다만 신이시여,
제가 갈망하는 것은
당신께 너무 작은 것일지라도
제겐 너무 큰 의미와 가치입니다.
제게는…,
당신이 창조한 우주의 전부입니다.

94

사랑은 움직이는 거라고요?
변심한 사람들의 핑계일 뿐이에요.
계속 제자리에 머물면서
오직 하나만을 응시하는,
미련하고 어리석지만
영원할 것 같은 사랑도 있다고요.

# 재회

이별이란 겨울이 가고
그대는 봄비가 되어
내 마음을 두드립니다.

꼭꼭 숨어라,
머리카락 보일라.

꼭꼭 숨어라,
머리카락 보일라.

….
더 이상 못 찾겠어요.
이제는 제발 나와 줘요.

해질녘까지 친구를 찾지 못해
집에도 가지 못하고,

어쩔 줄 몰라 울어 버린 아이 같은
가엾고 불쌍한 내게,

이제 그만 나와서
손을 흔들며 웃어 줘요.

말로 할 수 없는 떨림이었고
표현할 수 없는 설렘이었어요.
그 작은 입술로 내게 속삭이고
또 그 여린 숨소리를 들었을 때
난 내 영혼이 떠나가는 줄 알았죠.
그렇게 내 모든 게 멎어 버렸어요.

누군가와 만나고 헤어지고
또 슬퍼하고 기뻐하고,
지금은 아름답게 보이는 추억들이
이제껏 당신을 만나기 위한
사랑의 연습이었단 걸 알게 됐어요.

혼자서 외로워하고 괴로워하고
또 미소 짓고 눈물 흘리고,
어떨 땐 정말 죽을 것 같던 아픔들도
모두 다 당신을 알기 위한
사랑의 과정임을 깨달았어요.

이제는 색연필을 끼적이다
지워지고 결국 찢겨지는
낙서 같은 사랑은 잊을래요.

이제는 색종이를 접어보다
구겨지고 끝내 버려지는
장난 같은 사랑도 안 할래요.

투명한 유리창에
당신 모습만 담고 싶어요.

내 심장에
당신 이름만 새기고 싶어요.

솔직히
첫눈에 반했다는 말은
낯간지럽고 우습잖아요?
우리가 어떻게 얼마나 만났다고,
그런 부담스런 말을 주고받기엔
서로가 많이 어색해질 뿐이죠.

그래요 사실,
첫눈에 반한 건 아니에요.
그런데 신기하죠?
마치 이미 오래 전부터
알고 지낸 친구 같은 친근함,
혹은 여기저기서
마주하고 스친 것 같은 익숙함,
단 한 번뿐인 만남이
그리움의 여운이 되어,
어느 때 어느 곳에 있든지
나를 붙잡고 있네요.

차마 내가 가벼운 사람으로 보일까,
아니면 당신을 장난처럼 여기는가 느낄까,
우연을 흉내낸 만남들로
조심스레 다가가서 말하는 거예요.

이전 아픈 사랑에
지치고 다쳤던 나를 위로해 주고
영원할 것 같던 상처를 낫게 해준
그대를 사랑한다고….

새 봄


내 마음은 항상
추운 겨울에 머물렀습니다.

차갑게 얼어붙은 심장과
싸늘하게 식어버린 피,
그래서 내 손은
늘 찬 기운에 굳었습니다.

겨우내 시릴 땅을 위해
나무들이 낙엽을 덮어 주던 11월에도
차마 내 마음까진
헤아리지 못했나 봅니다.

아픔을 모른 체하고
동면할 수 없는
저주받은 삶을 원망하며
찬 숨을 내쉬었습니다.

그런데,
영원할 것 같던 겨울 끝에
작은 새싹을 보았습니다.

그것은
내 심장을 녹이고
내 피를 따뜻이 데웠습니다.
내 호흡에
온기를 불어넣었습니다.

이별이란 겨울이 가고
그대는 봄비가 되어
내 마음을 두드립니다.

담배를 끊었어요.
술도 줄이려고요.

생각 없이 내뱉던 욕설과
나쁜 버릇들도 더는 안 할 거예요.

열심히 배우고
부지런히 일해서
더 간절한 삶을 살래요.

기도도 많이 하고
운동도 많이 해서
더 나은 나를 만들 거예요.

오늘은 어제보다 더,
또 내일은 오늘보다 더,
당신에게 부끄럽지 않은
더 좋은 사람이고 싶어요.

그 사람을 다시 만났습니다.

너무 바라고 그리던 순간인데
막상 아무 말도 하지 못했네요.

다시 만나면 어떤 얘길 할까
어떤 표정을 지을까
수도 없이 고민하고 연습했는데,

그 사람은
나를 잊어서였는지,
아니면 알면서도
모른 체 할 수밖에 없었는지,

우리는 낯선 사람을 만난 것보다
더 어색한 표정으로 서로를 응시했죠.

정말 엇갈림이라는 건
영화나 드라마 같은
이야깃거리에만 나오는 게 아닌가 봐요.

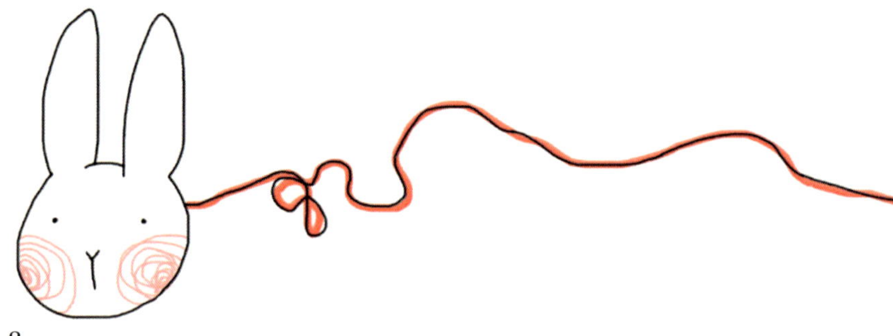

처음 만났을 때처럼
서로 웃으면서
말을 주고받을 수 있었다면,
지금 후회에 사무쳐
시를 쓰는 대신,
난 행복에 겨워
친구들에게 자랑을 했겠지요.

인사할 수 없었다면
서로의 눈이 마주쳤을 때
미소라도 지어줄 것을,

좀 더 용기를 내볼 걸,
좀 더 자신감을 가질 걸…,

시간이 지나고서야
후회하는 바보가 돼요.

그토록 기도했던 순간을 버리고
난 또 절실하게 우연을 기다리며
후회할 것을 후회하는 바보가 되겠지요.

열심으로 사랑하라.
그 사람이 네 삶의
마지막인 것처럼.
비가 내릴 때까지
절대 기우제를 멈추지 않는
인디언들의 간절함을 따라서,
네 최선과 최고의 것으로
미련 없이 사랑하라.

진실 되게 사랑하라.
그 사람이 네 마음의
전부인 것처럼.
흔히 아름다운 이들에게 느끼는
복사하고 붙여넣기 한 것 같은
별 의미 없는 감정이 아닌,
거짓 없는 슬픔과 기쁨으로
후회 없이 사랑하라.

아름답게 사랑하라.
그 사람이 네 호흡의
모든 이유인 것처럼.
혹 달리는 시간과 함께
떠나고 잊혀질 사랑이라도
지워 버리고픈 기억이 아닌,
친구, 가족, 또 새로운 사랑
누구에게라도 말할 수 있는
그 순간 가장 빛나는 추억으로
한 점의 부끄럼도 없이 사랑하라.

다시 태어나면
공부를 더 열심히 하려고요.

다시 태어난다면
더 많은 친구들을 사귈 거예요.

그런데
또 다시 태어나도
당신을 사랑할 것 같아요.

어떤 꽃이라도
나는 상관없어요.
그대에게 향기와
미소를 줄 수 있다면,
평생 그 순간을 위해
싹을 트고 뿌리를 내리고
꽃을 피우겠어요.
기꺼이 그대 손에
꺾이길 소망하며….

연두색 우산


엄마 선물을 샀어요.
화장품을 샀는데
작은 연두색 우산을 함께 받았죠.

가끔 맑은 날에도
우산을 들고 나가곤 해요.

인사 없이 찾아오는 비에
맞이할 우산 없는 그대가,
좋아하던 연두색깔의 우산을 보고
같은 우산을 쓰게 될 상상을 하면서.

간절한 우연이라도….

# 그리고 사랑

사랑의 이유는
고작
누군가가 당신인 까닭입니다.

대답對答

잠깐 내리는 소나기여도
얼마나 많은 빗방울들이
땅을 적시는지 알 수 있나요?

작은 해변의 백사장에도
얼마나 많은 모래알들이
곱게 깔렸는지 셀 수 있나요?

멀리 보이는 밤하늘에도
얼마나 많은 별자리들이
저 우주를 수놓는지
헤아릴 수 있나요?

짧은 시간을 살았어도
얼마나 많은 숨을 내쉬고,
또 얼마나 많이
내 심장이 뛰었었는지,
어떻게 감히
가늠이라도 할 수 있나요?

그러니 내게
얼마만큼 사랑하느냐고
묻지 말아요.

이 아름다운 세상의
모든 호기심을 물어도
당신을 얼마나 사랑하느냐는
잔인한 물음은 하지 말아요.

내가 마냥 어릴 때
세상에는 아는 사람들과
모르는 사람들이 있었습니다.

내가 많이 모를 때
세상에는 착한 사람들과
나쁜 사람들이 있었지요.

내가 조금 컸을 때
세상에는 좋은 사람들과
싫은 사람들이 있었고,

내가 아주 자라선
이 세상에는
필요한 사람들과
불필요한 사람들뿐이었죠.

그런데 이제는
이 눈부신 세상에
당신과
당신 아닌 사람들이 보입니다.

이유理由


누군가를
많이 알기에 사랑했다면
난 오랜 친구를 사랑했겠지요.

누군가가
그저 아름다워 사랑했다면
난 많은 이들을 사랑했을 것입니다.

누군가 참
부족함이 없기에 사랑한다면
난 어떤 누구도 사랑하지 못할 것입니다.

사랑의 이유는
고작
누군가가 당신인 까닭입니다.

길가에 난 이름 없는 들풀과
마른 나뭇가지 끝에 걸린 잎사귀나
잠깐 머리칼을 살랑대는 작은 바람도
아무도 바라보거나 불러 주지 않지만,
각자가 존재하는 이유와 목적,
그리고 그들만의 의미만으로
이 작은 세상에 태어나
한 부분을 이루는 거라면,
난 누군가에게 인정받기 위함이 아닌,
다만…,
그대의 한 부분으로 존재하고픈 욕심에,
그저…,
나로 인해 그대가 좀 더 완전해질 수 있기에….

3 + 1 = 4

사랑하는 순간엔
다 잊어버린다.

보는 것도 듣는 것도
말하는 것도 숨 쉬는 것도
심장이 뛰는 것마저
모두 잊어버린다.

사랑하는 순간엔
사랑만 떠오른다.

선택選擇


두 갈림길.

한 길은 고운 모래들이 빛나고
꽃잎들이 곱게도 펴졌는데,
나 홀로 걸으라기에
외로움에 망설이다가
다른 길을 둘러보는데,

또 다른 길은 성난 자갈들이 넘치고
가시들이 모질게 깔렸는데,
사랑하며 걸으라기에
괴로움도 잊어버리고
주저 없이 맨발을 들이민다.

당신과 함께이기에
자갈에 긁히고 가시에 찔려도,
나 그대를 업고서
기꺼이 환희의 피를 흘리며
허락된 길을 지나가리라.

항상 그대를 부릅니다.

아침이 오는 소리에
꿈 속 다른 세상에 머물다가
새로운 하루를 반길 때도,
저녁이 오는 모습에
해를 보내고 달을 맞으며
오늘을 감사하고 기도할 때도
나는 그대를 부릅니다.

나 그댈 잊고서 눈뜬 적이 없고,
나 그댈 모르고 숨 쉰 적이 없습니다.

우리가 날개를 돌려받아
이 낙원에 작별을 말할 때까지
난 계속 그대를 부르렵니다.

내게 사랑은 즐거움과 괴로움입니다.
당신을 마주할 때 느끼는 설렘은
처음 걸음마를 배운 어린 아이인양
나를 온 종일 그저 들뜨게 하고,
당신을 보내고 찾아오는 외로움은
끝없는 밤 더디 오는 아침을 기다리며
나를 내내 힘겹게만 합니다.
내게 사랑은 쾌락과 고뇌의 몸부림입니다.

내게 사랑은 두려움과 노여움입니다.
당신과 다른 때와 곳에 머물렀기에
그냥 무심코 내뱉은 내 언행들이
어떻게 비춰질까 겁이 나고,
당신과 사소한 다툼을 주고받으면
언짢은 기분으로 나 홀로 남겨졌을 때
바보 같은 나를 스스로 욕하곤 합니다.
내게 사랑은 염려와 분노의 호흡입니다.

내게 사랑은 슬픔과 기쁨입니다.
당신의 부재라는 하나의 이유만으로
혹시나 꿈일지 모른다는 상상만으로
목이 메어져 말조차 이을 수도 없고,
당신의 사소한 몸짓이나 버릇
가까이 있을 때 와 닿는 숨결이나 온기
그 모든 것이 내 심장을 요동치게 합니다.
내게 사랑은 비애와 환희의 눈물입니다.

사랑합니다.
당신을 부를 때 느끼는 설렘과
마주볼 때 파고드는 떨림까지도.

사랑합니다.
우리를 만나게 해준
작은 우연들이 이뤄낸 기적들과
마른 나뭇가지의 작은 꽃눈만 봐도
당신으로 이어지던 모든 시간들도.

사랑합니다.
이제는 익숙해진
당신만의 귀여운 버릇들,
가끔은 당신이 없기에
찾아오는 외로움이나 그리움,
또 어쩔 땐 본의 아니게
서로에게 주었던 상처와 눈물의 자국들,
아직은 알 수 없지만
시간과 함께 변해갈 당신의 모습마저도.

그렇게,
당신으로 인한 모든 것들을
그저 사랑합니다.

내가 드리는 시들이
초라해도
버리지 말아요.
유치해도
비웃지 말아요.

그리고 이 시들을
급하게 읽지 말아줘요.

사람들이 부러워할 것들이
내게 넘친다면
기꺼이 그댈 위해 드리련만,

내게 허락된 건
한없이 부족한 문재뿐.

낙서 같은 시들이라 해도
내게 있는 전부이기에….

# 그런 날이 오겠죠

**보**고 싶은 사람에게….

며칠째 덥고 후덥지근한 날씨의 연속이네요. 종종 비가 내리지만 시원하지도 않고, 조금만 움직여도 땀이 흘러내려요. 유난히 더운 여름 날씨를 싫어하던 사람이 혹시나 더위 때문에 아프거나 더 힘들진 않을까 걱정만 하게 되네요. 잘 지내죠?

우리가 못 본지 벌써 3년이 넘었어요. 그래도 나는 간간히 소식을 접하며 궁금해 하고, 또 가끔씩 서로의 추억이 서려있는 사진들을 들추며 회상에 잠기곤 하죠. 그래서인지 보고 싶은 마음은 크지만, 왠지 우리가 그렇게 오랫동안 만나지 못하고 떨어져 있다는 생각은 적어요. 하지만 당신에게 지금의 내 모습은 많이 낯설게 느껴지겠죠?

아무 생각 없이 길거리를 걷다가도 닮은 뒷모습만 보면, 혹시나 아닐까 뛰어가 확인하고 잠시 동안 울적해지는 내가 미웠어요. 처음에는 견디기 힘들어 원망하면서 불평하고, 다른 사람들과 얘기할 때에도 한쪽으로만 기우는 시소 같은 내 일방적인 안타까운 사랑에 대한 하소연과 넋두리가 대부분이었어요. 하지만, 혹시나 나와 같은 심정으로 내게 사랑을 말한 이들에게 나 역시 이기적인 사랑을 핑계로 냉정했을지도 모르죠.

참 좋은 사람들을 만났어요. 내가 머무르는 세상은 정말 아름다운 사람들이 많더라고요. 처음엔 너무나 괴롭다고 속으로 비명을 지르고, 감싸고 있던 상처의 자국들은 절대 아물지 않을 거라 확신했어요. 원래의 바람처럼 당신이 직접 어루만져 주기 전에는

140

나는 끝까지 계속 아파하고 있을 줄 알았죠.

그런데 많은 이들이 내게 힘이 되었어요. 격려해 주고, 위로해 주고, 응원해 주고, 또 사랑해 주고…. 그렇게 내가 살아가는 시간, 떠도는 공간, 그리고 만나는 사람들이 어느덧 아픈 자국들을 아물게 해주네요. 웃기는 얘기지만, 쭉 사랑하는 사람이 있다고 말하면서도 내 맘을 설레게 하는 사람도 있었다고요.

이제껏 사랑했고, 지금도 사랑하고, 앞으로도 사랑할 마음으로 시들을 썼어요. 어쩌면 과거와 현재, 그리고 미래의 사랑이 서로 다른 모습의 사랑일지도 모르겠어요. 하지만 이것으로 인해 당신의 마음을 열고, 사랑을 얻고 싶다는 욕심은 없어요. 다만, '내가 당신을 이만큼 사랑했습니다' 라는 걸 알려 주고 싶은 마음뿐이에요. 사실 이 책을 어떻게 건네야 할지도 내겐 아직 해결되지 않은 고민거리네요.

이전에 좋아했던 시트콤에서 나오던 대사가 기억나요.

"그 동안 제가 좀 컸어요. 누군가를 좋아하는 일의 끝이 꼭 그 사람과 이뤄지지 않아도 좋다는 거를 깨달았거든요."

처음엔 말도 안 되는 소리라고 비아냥거리며 부정했는데, 이제는 어느 정도 인정하는 자신을 볼 때 나도 사랑하면서 좀 더 크지 않았나 생각되네요. 그렇기에 당신을 사랑한 흔적들을 나는 절대 후회하지 않아요. 어쩌면 그것은 내 평생에 가장 큰 자랑거리가 될지 모르죠.

시간이 더 지나서 그때 우리의 모습이 어떻든 간에, 지금의 이때가 어느덧 아름다운 추억거리로 자리 잡고 있겠죠? 그때에는 우리가 이전처럼 서로가 어색하지 않은 모습으로 웃으며 얘기했으면 좋겠어요. 그리고 그런 날이 꼭 올 거라 믿어요.

언제 어디에서 이것을 읽든 그 사랑스런 얼굴에 미소가 가득했으면 좋겠어요. 아프거나 다치지 말고 늘 건강한 모습으로 행복에 겨운 삶을 살길 바라요. 사랑하는 사람아, 잘 지내요.

2010년 여름, 새벽녘에 옛 노래들을 들으며<br>보고 싶은 사람이….

마음을 그리는 **편지**



to.

□ □ □ - □ □ □

from.

□ □ □ - □ □ □

ps.